AF336605

LA PAIX

A L A

GVERRE.

BIBLIOTHEQUE ROYALE

M. DC. XLIV.

A. S. E.

MONSEIGNEVR

DON FRANCISCO

DE MELLO,

MARQVIS DE TORDELAGVNA,

COMTE D'ASSVMAR, &c.

Gouverneur & Capitaine General des Pays-Bas,
Bourgongne, & du Charrolois, &c.

MONSEIGNEVR,

*Quand bien mes inclinations & mes de-
voirs ne m'auroient pas obligé à m'attacher
tres-eſtroiĉtement à vos Intereſts, & à voſtre Service, & que
la diſpoſition de ma liberté ſeroit encor en ma puiſſance, & en mon
choix; je ne ſçay à qui plus legitimement je me ſçaurois donner qu'à
V. E. ſoit que je conſidere ſa naiſſance, qui eſt l'une des plus Il-
luſtres de l'Eſpagne, ſoit que je regarde ſes employs qui ſont les*

A 2

pre-

premiers de la Monarchie, ou que je m'arreſte ſur ſa Conduite, qui eſt la mieux reglée & la plus admirée de ce ſiecle. Auſſi faut-il avoüer, Monſeigneur, que cette premiere a tant d'eſclat & d'alliances, qu'il ſuffit de ſçavoir que vous eſtes de la tres-ancienne & tres-illuſtre Maiſon de MELLOZ, pour n'ignorer pas qu'il y a peu de Princes en la Chreſtienté, qui ne ſoient vos alliez. Il eſt d'elle cõme de ces Char-bons ardans, qui portent par tout avec eux la lumiere qui les fait deſ-couvrir, & je m'aſſeure que ſi je vouloy remonter ce Ruiſſeau juſ-qu'à ſa ſource, j'y remarqueroy plus d'hommes qui ont porté des Cou-ronnes que de ceux qui ont porté des Chapeaux, & trouveroy que cette Royalle tige, dont vous faites une branche, a remply d'Em-pereurs, de Roys & de Reynes, les premiers Troſnes de l'Europe. Pour vos Employs, chaſcun ſçait, Monſeigneur qu'ils ſont ſi grands, que ce n'eſt pas ſans raiſon que l'Eſpagne eſt aujourd'huy en peine de vous trouver un poſte, lors qu'elle vous aura accordé de luy remettre celuy que vous occupez; elle vous regarde comme l'objeᵉt de la faveur & de l'affeᵉtion du Roy, & croit que ſa Majeſté ſe deſchargera ſur voſtre ſuffiſauce du faix de ſa Monarchie, tant à raiſon de la cognoiſ-ſance que vous en avez de celle qu'elle a de vous, que pour-ce qu'il ſemble qu'il ne vous ſeroit pas beaucoup difficile, Monſeigneur, de gouverner en gros ce que vous avez gouverné en deſtail, eſtant hors de doute qu'apres les Charges que V. E. a eu de Vice-Roy en Sicile, d'Ambaſſadeur pres du Pape & de l'Empereur, de Plenipotentiai-re és traitez de Ratisbonne, & de Gouverneur General des Pais-bas, & de Bourgongne, on ne pourroit rien adjouter à vos Charges, ny à vos Services, ny trouver un pair à voſtre merite, ou à voſtre experience. Et ce qui vous doit relever d'avantage, Monſeigneur, c'eſt qu'en toutes ces diverſitez d'employs & de natiõs, vous avez ſi

bien

bien sçeu diversifier vostre Conduite, & vous accommoder à tant de differentes humeurs, que vous vous pouvez vanter d'avoir fait par tout le Service du Roy, & de n'avoir jamais donné sujet à qui que ce soit, de se plaindre de vous avec raison. V. E. s'y est conduite (comme elle fait encor dans cette Charge Royalle qu'elle dessert) avec tant de douceur, d'integrité, de prudence, d'adresse, de punctualité, & de zele, que l'envie avec tous ses yeux est encor à reprendre en vos actions un seul poinct d'interest, une seulle faute, un seul mouvement violent, une seulle oisiveté, ou une seulle impatiéce. Vous n'estes point, Monseigneur, de la nature de ceux que l'aprehension des affaires rend inaccessibles, la diversité de celles qui se passent en cette Cour ne vous occupe qu'agreablement; & vous estes si expeditif, que ceux qui sont aupres de vostre personne, n'ont pas moins de plaisir que d'estonnement, à remarquer que le travail est si naturel à vostre esprit, qu'il s'y delasse, que comme rien ne le surcharge, rien ne l'inquiete, & que pour l'ordinaire vous perdez plus de temps à attendre les affaires, que les affaires n'en perdent à vous attendre. Et ce qui met le comble à vostre reputation, & au bonheur des Estats que vous gouvernez, c'est que soubz vous les bonnes causes n'ont rien à craindre, ny les mauvaises rien à esperer, & que vostre probité a imposé ceste loy à vos plus proches, de ne vous parler jamais que de choses raisonnables. Enfin, Monseigneur, si je vouloy m'estendre sur tant de rares qualitez qui se retrouvent en V. E. je feroy une faute contre l'usage & contre le jugement, faisant entrer une Histoire dans une Epistre, & toute la Moralle dans un Compliment. Ie reserve un plus ample & particulier travail à un si digne & si haut sujet, me contentant pour aujourd'huy de dire que vostre Naissance, vos Charges, & vostre Conduite sont si proportionnées &

A 3

si

si relatives l'une à l'autre, qu'il suffit de connoistre la derniere pour juger de la seconde, & de n'ignorer pas celle-cy, pour estre sçavant de la premiere. Mais quand toutes ces considerations ne me serviroient pas d'un motif plus que suffisant à m'attacher inseparablement à V. E. celles des obligations incomparables dont le Pays où je fais une teste vous est redevable, a des forces & des persuasions de reste à m'induire à le faire; Chascun sçait, Monseigneur, que V. E. ne desdaigna pas d'entreprendre ce Patient, quoy qu'il fust desesperé, & que bien que la gangreine fust à sa playe, vous y avez apliqué des remedes si efficaces & si doux, qu'il y est plus entré d'or que de fer, plus de lenitif que de feu, plus d'attrayant que de corrosif; & vous pouvez dire que vous avez fait en la guerrissant la plus belle cure dont l'Espagne se vantera jamais. Cette Province, Monseigneur, qui vous considere comme son Restaurateur, & tous ses habitans comme leur Pere, sçait mieux ressentir qu'exprimer tant de Bienfaicts dont vostre singuliere bonté a esté prodigue en son endroit. Elle avoüe que vos soings l'ont soutenu dans sa foiblesse, que vostre appuy l'a affermy dans la tempeste, que vostre prevoyance l'a sauvée tout fraichement d'un naufrage, que ses amys & ennemis croyoyent inevitable; en un mot qu'elle vous doit, Monseigneur, tous les biens qu'elle a, & tous les maux, qu'elle n'a pas, & qu'aujourd'huy sa Majesté ne l'auroit pas pour sujette, si elle ne vous eust point eu pour Protecteur. Pour moy qui ay eu l'honneur d'estre envoyé de sa part auprès de V. E. pour luy representer son Estat, je suis tesmoing que lors que je n'en ay pû obtenir des remedes, mes instances en ont obtenu des soupirs & des tendresses, qui n'ont pas deu peu satisfaire cette Province és personnes de ceux qui les ont recueillys, ny peu diminuer ses souffrances & ses impatiences és personnes de ceux qui la gouvernent.

nent. Auſſy ſçay je bien , Monſeigneur, que tous ſes peuples ont
les reſſentimens des grandes faveurs , dont vous les avez accueilly
de tout temps, ſi bien imprimez dans leurs cœurs, qu'il n'y en a point
qui ne s'eſpuiſa de ſang pour voſtre Service. Et quoy que je ſois com-
pris és obligations que cette Province vous a, ſi veux je croire qu'elle
ne ſe faſchera pas ſi ſeparant icy ma debte de la commune, je me
preſente à V. E. bien plus pour luy en faire une reconnoiſſance qu'un
payement, & pour y en adjouter une nouvelle, que pour en acquitter
une vieille, en la ſuppliant tres-humblemēt, comme je fay, de vouloir
honorer de ſa faveur cette Proſopopée de la Paix à la Guerre, que
l'occaſion du temps que vous m'avez permis, Monſeigneur, d'arreſter
en ces Pays m'a fait eſclorre, eſtant certain que je ne ſçauroy mieux
fonder l'aſſeurance de cette Nymphe, que ſur la protection de V. E.
mieux mettre ſes intereſts qu'entre vos mains, mieux appuyer ſes rai-
ſons que de voſtre auctorité, ny plus eſpouvanter ſon ennemie, que de
voſtre nom & de voſtre perſonne, puiſque vous eſtes, Monſeigneur,
Celluy qu'elle redoute d'avātage en terre, & que vous tenez des premiers rangs entre ceux qui ont de l'adreſſe & des expediens à ſuf-
fire pour deſarmer ſon bras & reſtablir ſa Rivalle. Auſſy faut il avo-
uer Monſeigneur, que le repos publicque, qui doit eſtre le premier
but, & le principal eſtude d'une ame Royalle, eſt tellement voſtre
occupation, que comme tous vos ſoings ne tendent qu'à ſon reſtabliſſe-
ment, de meſme toutes vos forces ne viſent qu'à combattre ce qui
luy eſt contraire; C'eſt d'où j'oſe eſperer Monſeigneur, qu'ayant de la
paſſion pour l'Enfant, vous aurez de l'affection pour la Mere, & que
travaillant avec tant d'ardeur pour la tranquillité Generalle, V. E.
verra de bon œil celle qui la doit produire, que j'ay choiſy pour tiltre
& pour argument de cet ouvrage. C'eſt un ſuject, Monſeigneur, qui

outre

outre qu'il eſt conforme à la ſaiſon, aux vœux, & neceßitez des Peuples, a des principes ſi raiſonnables & ſi neceſſaires , & peut avoir
des ſuittes ſi utiles , & ſi divertiſſantes , qu'il n'y a que ceux qui ne
ſont en inquietude , que lors qu'ils ſont en repos , & qui ne ſont en
paix que lors qu'ils ſont en guerre, qui le puiſſent deſapreuver. Auſſy
l'ay je choiſy de ce genre, affin que le Lecteur trouve de l'agreement
dans la matiere, s'il n'en trouve point dans le langage, quoy qu'à vray
dire il m'importe peu , que tout autre n'y rencontre pas ſa ſatisfa-
ction, pourveu que V.E. y rencontre la ſienne. C'eſt, Monſeigneur, le
ſeul but & le ſeul advantage que je m'y ſuis propoſé, & d'avoir occaſion de rendre publicques en ceſte Proſopopée les proteſtations tres-
expreſſes & tres-inviolables que j'ay fait , & que je renouvelle,
d'eſtre toute ma vie,

MONSEIGNEVR,

DE V. EXC.

Tres-humble, tres-obeiſſant, & tres-obligé Serviteur,

F. P.

L A

LA PAIX
A SON EXCELLENCE
SONNET.

Ministre le plus Iuste & le plus Grand du monde,
Dont le sang est Royal aussy bien que l'employ,
Objet de la faveur & du Cœur de ton Roy,
Chef le plus redouté de la terre & de l'onde.

Toy qui portes ma cause, & sur qui je me fonde,
Que mon espoir est grand d'estre apuyé de toy !
I'ay tout ayant la force, & la raison pour moy,
L'une a souvent besoing que l'autre la seconde.

Que si dans le rencontre où je vay de ce pas,
I'obtiens quelque avantage en l'appuy de ton bras,
Ie veux qu'en mon histoire on lise cette Clause,

Que je fy par ta main ce Coup victorieux,
Et qu'on te doit donner le tiltre glorieux
D'en estre l'Instrument, si tu n'en es la Cause.

LA PAIX
A LA GVERRE.

Toy qui ne te sçaurois repaistre,
Que de sang, de flamme & de fer,
Qui ne nais que pour m'estouffer,
Et qui ne meurs que pour renaistre;
Toy qui m'esclos, & me destruis,
Qui m'esteins, & fais que je luis,
Qui fais perdre & brisler mon lustre,
Qui romps & soutiens mes Autels,
De qui les cruautez rendent mon nom illustre,
Et dont l'horreur me faict adorer des mortels.

Cruelle, qui dés ton jeusne aage
As fais coustume & vanité
De faire avec impunité
Regner le trouble & le carnage,
Vas passer tes furieux ans
Chez les Turcs, ou chez les Persans,
Leur loy t'en donne un privilege :
Vas regner parmy ces Payens,
Où tu pourras voller sans faire un sacrilege,
Et t'immoler du sang, sans tuer des Chrestiens.

B 2

Sors

Sors des limites de l'Europe,
Où tu te tiens dés si long temps,
Soullage un peu ses habitans.
Du brouillard qui les envelope,
Vas tenir ta sanglante Cour,
Où les demons font leur sejour;
Vas foudroyer chez l'hereticque,
Passe le Nort, passe les Mers.,
Vas plus loing que l'Asie,& plus loing que l'Africque,
C'est ton plus court chemin pour r'entrer aux Enfers.

Vas faire regner le desordre
Où l'on jouit d'un plein repos,
Il ne reste icy que des os,
Où ta dent ne sçauroit plus mordre;
Vas sur le Nil & le Iordan,
Vas dans l'estat du Prestre Iean,
Où l'abondance est toute entiere,
Là les Pays sont habitez.,
Là l'ardeur te faudra plustost que la matiere,
Au lieu qu'elle te mancque en ces lieux desertez.

L'Empire, l'Espagne, & la France
N'ont plus de sang à t'immoler,
N'ont plus de Temples à brusler,
N'ont plus d'argent pour ta despance,
Laisse vivre leur Potentats
Dans leurs Cours, & dans leurs Estats,
Change tous leurs troubles en calmes,
Brise le fer qui les destruit,
Laisse les repeupler d'Oliviers & de Palmes,
Et vivre un siecle ou deux des douceurs de leur fruit.

Vas respandre dedans la Chine
Ce qui te reste de venin,
Porte l'effroy chez son voisin,
Et chez celuy qui le confine ;
Vas tremper tes cruelles mains
Dans le sang de ces inhumains,
Chez qui l'inceste est moins qu'un crime,
Vas sur eux souler ta fureur,
Vas faire ton ravage, & faire ta victime,
De ceux qui font desjà le meurtre sans horreur.

Vas dans ce tenebreux empire,
Où regne l'ombre & le sommeil,
Et où six mois l'an le soleil
Ne sçauroit eschauffer ny luire,
Vas t'en, mais de ton propre gré
Au plus bas & plus froid degré,
Que cest astre marque en sa course,
Vas porter ta proye aux Lutins,
Retourne dans l'enfer, dans ton centre, en ta source,
Rendre compte à Pluton du droict de tes buttins.

Vas porter ta flamme au Barbare,
Vas plonger ton fer dans son flanc,
Et souler ta rage de sang
Où l'homme n'en est point avare,
Le Ciel qui se sert de ton bras
Pour punir ses Peuples ingrats,
T'aprend par moy qu'il leur pardonne,
Il te veut bannir desormais,
Et desjà de sa part aujourd'huy je t'ordonne
De sortir de l'Europe, & n'y r'entrer jamais.

Vois

Vois s'il reste en sa Monarchie
Vn Pays qui soit tout entier ,
Et si d'attacque où de quartier
Vne Ville s'est affranchie,
Vois s'il luy reste un Souverain ,
Qui n'ayt son sceptre hors de sa main
Pour se servir de son espée ;
Vois s'il luy reste un seul Estat,
Où ta barbare main ne se soit occupée
A porter sans égard le meurtre & l'attentat.

Vois s'il luy reste une Province,
Où le feu ne soit allumé,
Où le sujet ne soit armé,
Pour deffendre ou troubler son Prince;
Vois qu'elle n'a pas seulement
Dequoy fournir à l'aliment
De ta rage avide & altiere ,
Qu'il est de toy comme du feu
Qui s'esteint d'ordinaire à faute de matiere
Et qu'on te blasmera d'y rester pour si peu.

Pourquoy vas tu troubler le Pape,
Et fais tu si mal à propos
Porter les armes sur le dos
De qui devroit porter la Chape?
Quand le Ciel te donna pouvoir
De tout perdre, & tout esmouvoir,
Il en excepta son domaine,
Le trait dont tu le vas perçant,
Met les Turcs en repos, & l'Eglise à la chaisne,
Espargne le coulpable & destruit l'innocent.

Fais que ta rage se modere,
Et cesse d'aller eschauffans
Ce Pere contre ses enfans;
Et ses enfans contre leur Pere;
Cesse de souffler soubs des feux,
Qui les vont consummans tous deux,
Ne fomente plus leur intrigue,
Romps leur menée & leurs complots,
Et si tu veux entr'eux affermir une ligue,
Que ce soit pour aller contre les Huguenots.

N'em·

N'empefche point que l'Italie
Voyant la rifque où tu la mes,
Ne s'affranchiffe deformais
Des horrcurs dont tu l'as remplie;
Sors la de trouble & de foucy,
Quitte Rome & Florence aufly,
Laiffe l'un & l'autre Eftat libre,
Va laver tes fanglantes mains
Dans l'eau claire du Po, dans l'eau trouble du Tibre,
Et ne les plonge plus dans le fang des Romains.

Ceffe de molefter l'Efpagne,
Et fais que bientoft fon Lyon
Conduife la Rebellion
En triomphe par fa campagne;
Sors de fon chaleureux climat,
Et va dans celluy du frimat
Moderer l'ardeur qui te brufle,
Ou bien fi tu t'y veus tenir,
S'il n'eft pas encor temps que ton fleau s'en reculle,
Retire toy chez ceux qui t'y firent venir.

C

Cet

Cet immenſe & ſuperbe Empire,
Qui vat confiner le Levant,
Chez qui le Soleil & le vent
Peuvent tousjours ſouffler & luire,
Cette Couronne à vingt fleurons,
Dont vingt Róys pareroient leurs frons,
Ne veut point de trouble chez elle,
Ne ſe laiſſe point envahir ,
Veut bien te recevoir à lors qu'elle t'appelle,
Veut bien te commander , mais non pas t'obeïr.

Son Roy le plus puiſſant des Princes,
Qui conte encor pour le jourd'huy,
Plus de Royaumes deſſoubs luy ,
Que d'autres Roys n'ont de Provinces,
Luy de qui les Eſtats divers
Font la moitié de l'univers,
Et rendent l'autre Tributaire,
Qui peut au point où Dieu l'a mis,
Se rendre, s'il luy plait, Monarque de la Terre,
Et faire ſes ſujets , des Roys ſes Ennemis.

Luy

Luy dont la Caiſſe eſt ſi feconde,
Qu'elle ne s'eſpuiſe jamais ;
Qui va regorger deſormais
Des Richeſſes du nouveau monde ;
Luy qui des cailloux du Peru,
Dont chaſque an il eſt ſecouru,
Fait trembler le party contraire,
Ne prens tes fleaux que pour des jeux,
Se redreſſe par Mer de ce qu'il pert en Terre,
Et d'une ſeulle flotte eſmeut tous ſes haineux.

Iette les yeux deſſus l'Empire,
Vois le dedans, vois le dehors,
Vois s'il reſte à ce vaſte corps
Vn ſeul membre qui ne ſouſpire,
Tant de ſang qu'il a reſpandu,
Tant de Pays qu'il a perdu,
N'aſſouviſſent ils poinr ta rage:
Diſmer ſur luy plus qu'à moitié,
Conduire le volleur dans ſon propre heritage,
Fait il horreur à tous, ſans te faire pitié.

C 2

Lai-

Laisse respirer l'Allemagne,
Qui souspire dés si long temps,
N'oblige pas ses Protestans
A faire encor une campagne,
Calme leurs aveugles fureurs,
Pour leur laisser voir les erreurs
Qui les arment & les animent,
Et maintenant qu'ils sont au poinct
De servir l'Empereur du bras dont ils l'oppriment,
Laisse les accorder, & ne les trouble point.

Va remener dans la Suëde
Ceux que ta rage en fit venir,
Et si tu ne t'y veus tenir,
Retourne au lieu d'où tu procede ;
Va t'en dire à leur Souverain,
Que leur perte a passé leur gain,
Qu'ils ne peuvent plus se deffendre,
Que leur bras rompt d'estre tendu,
Qu'ils ont versé du sang, qu'ils en ont fait respandre,
Mais bien moins fait verser, qu'ils n'en ont respandu.

Laisse

Laſſe toy de voir l'Angleterre
Dans le deſordre où tu la tiens,
Et de rougir du ſang des ſiens
Ceſte vaſte Mer qui l'enſerre,
Son Trouble, qui n'a pour objet
Que l'aveuglement d'un ſujet,
Et que l'erreur pour tout pretexte
Met ſa Couronne en deſarroy,
Met la Religion dedans un grand contexte,
Et ſouſleve ſa Cour contre ſon propre Roy.

Sors de ce Royaume celebre,
Qui demande de reſpirer,
Ta flamme au lieu de l'eſclairer
Luy ſert d'ombrage & de tenebre;
Laiſſe diſcerner aux Anglois
La meilleure de tant de loys,
Dont leur croyance eſt ſuſceptible;
Laiſſe les demeſler entr'eux
Qui de Luther ou Beze explicqua mieux la Bible,
Toy qui ſçais qu'en ſa gloſſe ils ont erré tous deux.

Iette

Iette les yeux sur la Lorraine,
N'y pouvant plus jecter la main,
Laisse r'entrer son Souverain
Dans sa Court & dans son Domaine,
Souviens toy que trop laschement
Soubs un couvert d'allechement
Il fust envahy d'autres Princes ,
Et que ce Duc tout plein de cœur,
Preferant sa parolle à toutes ses Provinces,
Choisit d'estre trompé pluftoft qu'estre trompeur.

Regarde comme la Savoye,
Et le Piedmont se vont perdans,
Confidere dés combien d'ans
L'une est en peine, & l'autre en proye,
Ces deux Pays, de qui les Monts ,
Portent la pitié sur leurs fronts,
Où la peur soulloit estre emprainte
Par l'erreur où tu les a mis ,
Par un lasche respect, par une injuste crainte
S'immolent tous les jours pour plaire à leurs amis.

Sors

Sors de la Comté de Bourgoigne,
Où tu ne sçaurois plus regner,
La honte t'en doit esloigner,
Si la pitié ne t'en esloigne ;
Respecte un Peuple, dont le sang
N'a point de prix, ny point de rang,
Parmy les plus grands Roys du monde;
Voy comme rien ne l'estourdit,
Qu'il demeure constant, que le Ciel le seconde,
Et que plus l'on l'esmeut, tant plus il se roidit.

Fais perdre à celuy qui l'opprime
L'espoir qu'il a de l'envahir ;
Ce Peuple ne sçait obeïr
Qu'à son Monarque legitime;
Vois que tous tes fleaux assemblez,
Et tous leurs efforts redoublez,
Ne l'ont fait, ny plier, ny rompre ;
Et que cet ennemy qui croit   (pre,
Qu'il n'a dans son bonheur qu'à tenter pour corrom-
Dés huict ans qu'il le bat, se trompe en son endroit.

Souffre que ces Eſtats rebelles
Qui diviſent les Pays-bas,
Ceſſent d'eſclorre par ton bras
La vanité de leurs querelles;
Fais leur cognoiſtre que le Ciel
Ne peut voir repandre leur fiel
Contre leur Prince legitime;
Commence de leur faire voir,
Que ce Roy ceſſera de pardonner leur crime,
Dés qu'ils auront ceſſé d'oublier leur devoir.

Va par delà la Mer de glace,
Où jamais ton fleau n'a regné,
Et vis chez ce peuple eſloigné,
Iuſqu'à ce que la faim t'en chaſſe;
Va dans ce climat peu cognu,
Où les deux ſexes vont tout nu,
Iouir des biens dont ils ſe gorgent
Souller tes appetits brutaux
Du ſang noir & groiſſier dont leurs veines regorgent,
Et ton avare humeur de leurs riches metaux.

                              Ie

Ie sçay que tu me peus respondre,
Qu'il reste encor où te loger,
Qu'il reste encor où ravager,
Sans aller si loing te morfondre,
Que la France a quelques quartiers,
Qu'on fait passer pour tous entiers,
Pour s'estre exemptez de ta flame;
Mais ceste espece de repos
Couste au Peuple si cher, qu'il voudroit en son ame
N'avoir point de maisons, & n'avoir point d'impos.

Advoue aujourd'huy que la France
Pour te nourrir chez ses voisins,
Pour t'esloigner de ses Confins,
N'en esloigne pas la souffrance;
Voy comme ses pauvres sujets,
Pour satisfaire à tant de jects,
S'espuisent de sang, & de moüelle ;
Voy comme pour ton entretien,
Eu pour se rachepter de te loger chez elle,
Elle n'a presque plus, ny d'hommes, ny de bien.

D

Ie

Ie ne voy point de difference,
Entre tes fleaux, & ses impos,
Si non que l'un destruit en gros,
Et l'autre en destail pert la France ;
Quoy que ses maux semblent legers,
Aupres de ceux des estrangers,
A t'en dire ce qu'il m'en semble,
Ils ne different qu'en ce poinct,
Qu'aillieurs tu te fais voir, & sentir tout ensemble ;
Et qu'en Frâce on te sent, mais l'on ne t'y voit point.

Il est vray que sur ses frontieres
On ne t'a veu que trop souvent,
Et qu'où l'on a senty ton vent,
Les ruines sont tout entieres ;
Va voir où tes fleaux l'ont touché ;
Vois la Champagne, & le Duché ;
Le Bassigny, la Normandie,
Va dans la Bresse, & le Lossois,
Va dans le Boullonnois, & dans la Picardie,
Là tu t'es fais sentir, & voir tout à la fois.

Son

Son Roy, dont le Regne commance,
Quoy qu'il soit né parmy tes fleaux,
Se veut dispenser des travaux,
Dont tu surcharge son enfance;
Ce Prince qui tesmoigne avoir
Vn ardant desir de me voir,
Luy de qui l'ame n'est point double,
Monstre que ton jeu luy deplaist,
Veut regner en repos, s'il est né dans le trouble,,
Et respirer mon air, s'il a succé ton laict.

Sors donc promptement de l'Europe,,
Va plus loing faire tes amas,
Prends tes quartiers dans les climats,
Du Sauvage & du Misantrope;
Va si loing, que d'un siecle entier
Ton abominable mestier
Ne s'exerce dans ses contrées,
Puis qu'aussi bien, si tu n'en sors,
Ceux pour qui tes demons y firent leurs entrées,,
Ont entr'eux resolu de t'en mettre dehors.

Sçache que desjà mes Ministres
Sont assemblez pour te bannir,
Que les Roys pour se reunir,
Ont entr'eux convenu d'arbitres;
Previens un si sensible affront
Par un remede utille & prompt,
Fais de toy mesme ta retraicte,
N'attends pas cette extremité,
Crains en te contraignant, que l'on ne te mal traicte,
La honte est tousiours jointe à la necessité.

F I N.

www.ingramcontent.com/pod-product-compliance
Lightning Source LLC
LaVergne TN
LVHW012323050726
842524LV00004B/1577